JN163625

古典から生まれた新しい物語 ＊ おもしろい話

耳あり呆一（ぼういち）

日本児童文学者協会・編
山本重也・絵

目次

恋はハートで　牧野節子（まきのせつこ）――5
鬼（おに）より団子（だんご）　吉橋通夫（よしはしみちお）――35
ねむっちゃった姫（ひめ）　服部千春（はっとりちはる）――65

耳あり呆一　内田麟太郎――95
〈古典への扉〉悪い呪いを解く方法　宮川健郎――126

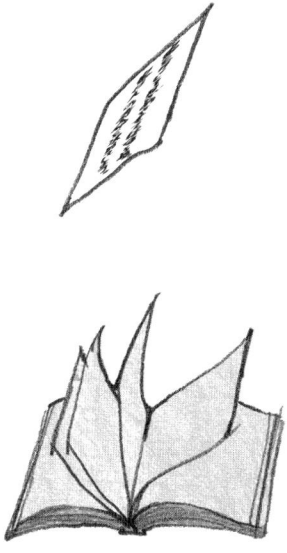

このシリーズについて

この本に収められているお話は、四人の作家が古典作品からインスピレーションを得て創作したものです。「古典をヒントに新しくつくられたアンソロジー」といいかえてもよいでしょう。

それぞれの物語の最後に、作者からのメッセージがあります。ここで、作家はどの古典作品をとりあげて執筆したのかを明かしています。それらは時代や国を問わず、また、文学作品だけでなく、民話や伝説など幅広いジャンルからえらばれています。だれもが知っている有名な作品もあれば、あまり聞いたことのないものもあるはずです。どんな古典なのか、予想しながら読んでみるのもおもしろいでしょう。

また、巻末には、古典にふれる案内として、解説と本の紹介ものせました。作品を読んで、その物語が生まれるきっかけとなった古典に興味をもった読者は、ぜひ、そちらのほうにも手をのばしてみてください。

編者／日本児童文学者協会
編集委員／津久井恵、藤真知子、宮川健郎、偕成社編集部

恋はハートで

牧野節子

「はーいコロチ！　元気してる？」

西の空があかね色にそまりはじめた夕ぐれどき。ぼくが庭の花に水やりをしていると、垣根ごしに、となりの家の羽月が声をかけてきた。

ウサギのかたちのリュックをせおっている。どこかから帰ってきたばかりのとこらしい。

ぼくんちの庭と羽月んちの庭は、背の低い生け垣で仕切られているだけだから、羽月とぼくは幼いときから、こんなふうに垣根ごしに話すことがよくある。

「なんか、しけた顔してるね、コロチ。ポテチだったらだれも食べないよ」

「チッ、ポテチじゃねぇし。それにそのコロチってのも、いいかげんやめろっつーの」

「えー、なんでなんで？　いいじゃん、本名よか、ひびきがかわいいし」

「もう五年生だし、ガキっぽいっつーの」

幼稚園がいっしょだったとき、羽月がぼくにつけた呼び名が「コロチ」。ぼくの名、孝司をもじったんだとか、あとになってからいってるけど、そんなのウソだ。

ぼくはおぼえている。あれは、園庭で友だちとドロケイをやっていたときのことだ。

ドロボウ組のぼくは、ケイサツ組の子から逃げている途中で大きくすっころんだ。そのひょうしに、ボールみたいにころがって、亀が飼われてる浅い池にボッチャンとはまっちまった。そのとき、そばの砂場で遊んでいた羽月が、大笑いしながらうたっていたことを、ぼくは、はっきりとおぼえている。

『きゃははっ、うける～！　♪孝ちゃんコロコロドンブリコ～』

羽月はそのころから、その場ですぐ替え歌をつくったり、でたらめな歌をつくるくせがあった。池からあがったびしょびしょのぼくを指さし、羽月はうたいつづけていた。

『♪コロちゃんコロコロコロチッチ～』

まわりの子たちもそれをまねして、「コロチッチ～」とうたいはじめた。先生が走ってきて、ぼくをタオルでつつんでつれてってくれるときも、「コロチッチ～」の合唱はつづいていた。

その日から、ぼくの幼稚園での呼び名は「コロチ」。それはコロコロふとっていて背がちっちゃいぼくに、あまりにぴったりの呼び名で、ぼくはおおいにきずついた。

いまぼくは、羽月とはちがう、私立の小学校に通っている。親がぼくのためにえらんだ学校だけど、それはぼくの希望とも合っていた。羽月たちと同じ地元の小学校にいったら、ずっと「コロチ」ってよばれることになる。それがたまらなく、いやだったからだ。

「ガキっぽいっつーの」といったぼくを、羽月は垣根ごしに見おろし、笑う。

「だってコロチ、ガキじゃーん」

幼稚園のときから羽月はぼくより背が高く、その差はいまも、ちっともちぢまらない。

「コロチ、またエアコンがんがんつけて部屋にいて、お菓子大量に食べてたんでしょ？　そんで、お母さんに『少しは表に出なさい』とかいわれて、いやいや水やりやってるとか～」

チッ、図星だけど。

「この暑いのに、毎日外に出かけてる羽月のほうがおかしいんだよ」

「だって、せっかくの夏休みじゃん。ねえねえコロチ、きいてよ！　あたし、今日ね、恋をしちゃったんだ～！」
「……こい？」
「うん！　♪恋におちたの、濃い恋よん、ラブラブアイラブ、すっきやね～ん」
バッシャーン！　めっちゃへたくそな歌に、ぼくは思わずじょうろを落としてしまった。
「そのへんな歌うたうくせも、やめろっつーの。チッ、恋とかって……同じ学校のやつか？」
「ううん、中学生バンドのボーカル」
「バ、バンドー？　しかも中学生？　そんなやつと、どこで知り合ったんだよ」
「あのね、うちのおばあちゃん、歌を習いにいってて。えっと、ほら、早口ことばでもあるじゃん。シンスンサンソンショー」
「いえてねぇよ。新春シャンソンショーだろ」
「そう、それそれ。ここから三つ先の日向が丘駅に、商店街があるでしょ。そこの楽器店の音楽教室に通ってるの。今週は商店街で夏フェスやってて、駅前広場でおばあちゃんもうたうんで、聴きにいったの。そしたら学生バンドも出てて、そのひとつがね、デクノボウズ！」
「は？　デクノボウ？　それって、役に立たないやつって意味だぞ。ダッサいバンド名だな」
「わかってないねコロチ、わざとダメっぽい名をつけるのがかっこいいんだよ。ボーカルの人の髪は、さらさらのロングヘアでね、足が長くてイケメンでギターもうまくて、すっごくすてき！　この歌が特によかったな。♪ハードなマシンより、ハートなヒューマン～」
　両耳のわきで結んだツインテールをふるふるとゆらしながら、羽月はうたう。目がキラキラと、ハートマークになっている。
「いつか、あたし、あんな人とケッコンできたらいいなーって」
「……け、結婚？」
「うん！　あたしね、最近読んだマンガ『スイートウェディング』に、はまってるのー。十二歳の女の子が恋をして、そのあといろいろ悲しいこともあるけど、十六歳

でケッコンして幸せになるストーリー。そのマンガにもね、バンドやってるイケメンが出てきて、デクノボウズのその人に似てるの。今日ね、ステージのあと話しかけたら、やさしい目で見つめてくれて、『フェスのあいだは毎日出ているから、またおいでよ』って、キャー！」

「やめろやめろー！　バンドやってるのなんて、ろくなやついないぞ。ほら去年も、有名なバンドの、なんていったっけか、そうだ、『ヤンキージャンキーペーパー』のリーダーのやつとか、『イカの足噛み少年』のボーカルのやつとか、二人とか三人とかの女の人と同時につきあったりしてて、いろんな人の心をきずつけていたじゃないか。サイテーだ！」

「羽月ー、ごはんよー！　あら、こんばんは孝ちゃん」

羽月んちのキッチンの窓があいて、お母さんが顔をのぞかせた。いいにおいがする。

「あ、おばさん、こんばんは」

「孝ちゃん、カレーすきだったわよね。今晩はカレーなのよ。いっしょに食べるー？」

「ありがとうございます。でも、ぼくんちも、もうすぐ夕食だと思うんで」

「そう。ねえ孝ちゃん、幼稚園のときみたいに、またいつでも遊びにきてね。じゃあね」

キッチンの窓は、するりとしまった。

「またね、コロチ」

「あのさ、あしたもいくのかよ。そのフェス」

「え？　ううん、あたし、あしたとあさっては、いとこの和子のところに泊まりがけで遊びにいく約束、ずっと前からしてるの。でも、フェスは今週いっぱいあるみたいだから、帰ってきたらまたいくんだ。コロチも、よかったらいっしょにいこうよ。じゃあね！」

羽月はくるんと後ろを向くと、ツインテールと、リュックのウサギの耳をゆらしながら、家のなかに入っていく。羽月の恋の話は、カレーのにおいといっしょくたになって、ぼくの胸のなかに、もやもやしたものを残していった。

♪パリの灯うつる　セーヌ河

わたしたち　二人の恋がただよう
いとしい彼は　十五歳
まぶしい未来を　もつ青年……

駅前広場に組まれた屋外ステージでは、でっぷりした中年の人が思い入れたっぷりにうたっている。あれがシャンソンってやつかな？

きのう羽月の話をきいてから、なんか気になってようすを見にきたんだけど……。

『日向が丘商店街　サマーフェスティバル♪ミュージックライブ♪　協賛　亜古木楽器』

舞台のわきには、そんな文字が書かれた大きな看板が立っていて、その横のボードには、「本日午後の出演者」の名と出演時間が書かれていた。

羽月からきいたバンドの名をボードでたしかめると、出演時刻までにはまだ間があったので、さっき駅前で見かけた本屋にいくことにした。

参考書のコーナーであれこれ見ながら、ふと、自分の未来のことを考える。

ぼくの成績は学年でいつもトップ。いまのところ、父さんみたいに医者になるつもりだ。

父さんはいつもいっている。「人をたすけることができる人間になれよ」と。

それから、こうもいっている。「男は頭だ。見た目じゃないぞ」と。

それは、小ぶとりの体形とブサイクな顔をもつぼくへの、なぐさめのことばなのかな？

父さんは背が高くてハンサムで、母さんは美人だ。ぼくはいなかのおじいちゃんに似たのかも。隔世遺伝ってやつだ。やさしいおじいちゃんのことは大すきだけどね。

そろそろ時間になったので広場にもどった。

あ、あのボーカルだな。チッ、たしかにイケメンだ。ピンクのギター。キラキラ光る宝石みたいな大きなビーズがちりばめられた黒のジャケットに、細身の黒いパンツ。チャラいかっこうだ。

♪きみの夢はなに　アイドル？

おれの夢はそう　ユーチューバー
ユー アンド アイ　ともに夢を
追いかける二人　ドリーマー

やがてステージを終えたボーカルのやつは、広場にあるカフェテーブルのところにおりてきたかと思うと、すぐに数人の女の子にかこまれてしまった。ぼくは女の子たちがひけるまで数十分待ってから、そいつのそばによっていった。どんなやつか知りたかったから。

「ん？　きみは、おれの新しいファンかい？」

「いえ、あのー、きのう、あなたの歌を聴いた、羽月って子の知り合いなんですけど」

「ハヅキ？」

「ええ。ウサギのリュックもってて、ツインテールの」

「ウサギ？　ツインテール？　うーん、おぼえてないけど。でも、その子におれの演奏のこときいて、見にきたんだな。どうだった？　おれのステージ、かっこよかった

かい？」

なんだ、こいつ。『またおいでよ』とかいったくせに、羽月のことをおぼえていないって？　失礼なやつだ。それに、「おれ」「おれ」って自分のことばっか。こんな中身のなさそうなやつ、なんで羽月はすきになったんだ？　やっぱ、見た目にひかれたんだろうけど……。

「レオーン、ちょっといいかしらん」

「やあ、マルボ、もちろんさ」

あっ、さっきシャンソンをうたっていた人だ。

「あーら、このボウヤ、アタシのミニチュアみたいな子ねぇ。レオンのファン？」

この人、四十歳すぎぐらいに見えるけど、おじさん？　おばさん？　さっきステージで見たときも、よくわからなかった。服は、てらてら光っている白いシャツと黒のパンツ。かりあげた髪、広い肩幅のジャンボな体、ふとくてガラガラの低い声は男の人だけど、しぐさやことばづかいは女の人だ。……そ、そうか！　きっと、オネエってジャンルの人だな。

「よろしくね、ボウヤ。でも、アタシがレオンの〝ナンバーワン！〟のファンだからね。アタシ、彼に恋してるのよん。あら、なにその顔？」
「あ、いえ、ただ、そのー、年がずいぶん、はなれているかなって」
「まあ、ブスな考え方ね。年の差なんかカンケーないわ。恋しく思う気持ちはね、年齢とか、男であるとか女であるとか、そういう区別をすべて、とびこえるものなのよん」
「は、はあ……」
「ボウヤの名前は？　へえ、孝司っていうの。いい名前ね。アタシ、日向が丘でシャンソン喫茶をやってる丸山っていうんだけどね、マルボって呼び名、レオンがつけたのよん。アタシの体が丸くてボッテリしてるからですって。ひどいわよねえ、ホッホッホッ！」
　ぼくは思わず、きいてしまった。
「そんなことといわれて、きずつかなかったんですか？」
「あら、思いやりのある質問。そりゃ少しはね。でもねボウヤ、人生は、きずつくことの連続よ。それを一つ一つ乗りこえて強くなっていくのが、生きるってことなの。アタシは彼に片思いしてるわけだけど、無視されるよりは、へんな呼び名でもつけてもらえるほうが幸せ。それに、けっこうチャーミングな呼び名だし……あら、彼、どこいったのかしら？　やだ、あんなところに。レオーン！」

レオンはべつのテーブルにいって、また女の子たちにかこまれていた。

次の日もぼくは、日向が丘の駅前広場にいた。なんか胸のなかのもやもやが消えなくて、だからまた、きてしまったんだ。

レオンは今日はブルーのギター。白のデニムジャケットにダメージジーンズ。きのうより、あっさりさっぱりしたかっこうだ。……あ、これが、羽月のいってた歌だな。

♪ハードなマシンより　ハートなヒューマン
　きのう恋におちるまで　おれは気づいていなかった
　おれのハートが　どこにあるかを

きみのハートの　ありかはどこだ
考えるアタマより　感じるココロ
恋はハートで　恋はハートで

ステージのあと、ぼくはきのうと同じように、彼に近づいていった。
「ん？　きみは、おれの新しいファンかい？」
わっ、こいつ、きのうのこともおぼえてないのか。かなりやばくね？
「あのー、ぼくは、おととい、あなたの歌を聴いた、羽月って子の知り合いなんですけど」
「ああハヅキちゃんか。おぼえてるよ。ツインテールのかわいい子だろ」
えー？　今日は、おとといのことを思いだしたのか。どういう構造の記憶力なんだ？
きのう羽月のことを忘れてたのには腹がたったけど、いまみたいに「かわいい」なんていわれるのも気にくわなくて、ぼくの胸のなかのもやもやは、まっ黒い雲になっていく。なにかいいたいんだけど、なにをいったらいいのかもよくわからなくて、いらいらする。

「あの、ぼく、えっと、その……」

「ん？　もしかして、おれに話したいこととかあるのかい？　うーん、そうだな、ここはちょっとざわざわしてるから、近くの公園にでもいこうか」

長い足でかろやかに歩きだした彼のあとを、ぼくはとことこと追いかける。

セミがわんわん鳴いている公園の木陰のベンチに、レオンとぼくはならんですわった。ここにくる途中の自販機で彼が買ってくれたイチゴオレを、ふたりで飲む。

「ところで、あのハヅキちゃんて子、きみのガールフレンドなのかい？」

レオンがやわらかな声できいてきたせいだろうか。冷たいイチゴオレがおいしかったせいだろうか。ぼくはなんだか自然に、羽月とぼくのことを話しはじめていた。

「ていうか、おさななじみだけど、あいつ、すげえ単純で、天然で、無神経で……」

幼稚園のとき羽月がぼくにつけた呼び名のことや、そのあとのことなんかも、ぼく

は話した。
「幼稚園の庭でドロケイしててころんだとき、ぼくは手にけがをしたんだけど、羽月は次の日から毎朝、幼稚園バスのなかで、ぼくの手のキズテープをはりかえてくれたんだ。それって、羽月のすきなウサギのキャラが描いてあるキズテープだから、かなりはずかしかったけど、でも、うれしかった」
「そうか。ハヅキちゃんは、じつは、やさしい子なんだね」
「うん。そのとき思ったんだ。もしかこの先、羽月がけがするようなことがあったら、ぼくは必死で治すし、いや、それよりも、羽月がきずつくことが起こる前に、それをとめたいって」
　しゃべっているうちにぼくは、自分の思っていることが、はっきりしてきた。
「ぶっちゃけいうと、おととい羽月は、デクノボウズのボーカルに恋したっていってて。けどあなたは、羽月に恋とか、そんな気ないでしょ？　だったら、気のあるふりとかして、あいつをまどわせたり悲しませたりしないでほしい。だれであっても、羽月をきずつけることはしてほしくないんだ」

レオンは、深く大きくうなずきながら、ぼくの目を見つめた。
「きみは羽月ちゃんのことが、とてもすきなんだね」
「ち、ちがうよ。ただ、おさななじみがきずつくのはいやだから、まもりたいと思って」
「まもりたい。そう思うのは、もう、すきってことさ。ちゃんと告白したらどうだい」
「だ、だから、そういうんじゃなくて……」
「ま、安心しろよ。おれが彼女をきずつけるなんてことは、ありえないから。だって、おれ」
レオンはイチゴオレを飲みほし、からの容器を遠くのごみ箱に、かっこつけてポーンと投げた。ボンッ！　ジャストイン！
「おれ、女だもーん」
「……え？　え！　ええー!?」
ぼくはずっこけて、ベンチからずり落ちる。
「で、で、でも、『おれ』っていってるし」

「アニキがいて、小さいときからその口ぐせがうつっちまったのさ。それにおれ、女性ばかりの『高見塚歌劇団』の男役をめざしてるんだ。いずれ劇団の入団試験も受けるつもりだから、その準備もかねてるってわけさ。はっはっはっはっ！」

レオンのごうかいな笑い声が、せみの鳴き声をけちらしながら青空にのぼっていく。ぼくの胸のなかの黒い雲は、いつのまにか消えていた。

「まさかコロチが、いっしょにいく気になるとは思わなかったよ」

「ふん、たまには外に出るのもいいかも」

「でもコロチ、もう汗だっらだらだね。少しだけやせれば、そんなには汗かかないかもね」

「チッ、うっさいっつーの」

レオンが女の子だってことは、まだ羽月にはいっていない。今日、本人の口からきかせて、びっくりさせてやるんだ。

ぼくのもくろみは成功した。演奏のあとレオンは、会場のカフェテーブルのところで、きのう、ぼくにいったのと同じことを羽月に話した。羽月のおどろきようったらなかった。

話し終えると、レオンはほかのテーブルにいき、また女の子たちにかこまれていた。彼女たちのなかには、羽月のようにかんちがいしている子もいるけれど、ほとんどの子は事実がわかっているのだと、それもきのう、レオンが話してくれた。

おどろいたあとに、ぼくの予想以上にがっかりしている羽月を見て、ぼくは自分がすごくわるいことをしたように思えてきた。しなくてもいいことをして、結果的に羽月をきずつけてしまったのは、ぼく自身だったんじゃないだろうか……。

「ごめんな、羽月」

羽月は、きょとんとした顔で、ぼくを見る。

「コロチがあやまることじゃないよ」

「いや、でも……」

ぼくは正直に話した。一人でフェスを見にきたことや、彼が女子だということを、きのうのうちに知っていたということも。

「よけいなことして……ほんとに、ごめんな」
「いいよ。結局わかることだし。でも、マジショック！　ミオンが女の子だったなんて」
「うん、ミオンが……ミオン？　レオンじゃないのか？」
「え？　レオンってだれ？」
そういえばぼくは、レオンだかミオンだか知らないけど、本人に向かっては、一度も名前で呼んだことはなかった。最初の段階で、ぼくは聞きまちがいをしてたのかな。でも、マルボさんはたしか、レオンレオンって、いってたような気が……。
「あーらボウヤ、また会ったわねぇ。今日はかわいい子といっしょなのね。お似合いよん！」
「わっ、マルボさん。あ、羽月は、ただのおさななじみで……」
マルボさんは、ぼくの頭をふわっとなでると、ふりかえって手まねきをした。
「レオーン、おとといのボウヤよ」
なんだ、やっぱり、レオンて名でいいんじゃないか。

キラキラビーズの黒のジャケットが近づいてくる。あれ？　でもさっきレオンは、あっちのテーブルに……そのテーブルから、白いデニムジャケットがこっちに歩いてくる。

え？　ええー！　二人いるぞ、レオンが！　ど、どうなってるんだ、なにかのマジックか？

二人はぼくたちの前に立ち、白い彼が、黒い彼の肩をだいて、いった。

「おれのふたごのアニキ、レオン」

「わあああああ、ミオンとそっくりー！」

羽月の目がまたキラキラと、ハートマークになっている。

混乱状態の頭を整理するために、ぼくは、ミオンにたずねた。

「えっと、そのー……アニキも、女子？」

「いや。アニキだから、男子。男女のふたごさ。バンドもアニキが先にはじめて、かっこよかったから、おれもべつのバンド組んだんだ。ここのフェスでは、アニキのバンドが午前中、おれのバンドが午後出演してて、あ、でもおとといは、アニキのつごうで代わったけど」
　じゃ、ぼくがきのう会ったのがミオンで、おととい会ったのはレオン？　てことは、バンドのほかのメンバーもちがってたのに、ボーカルばかり見てたから気づかなかったのか。
「あれ？　でも、おととい、ぼく、ボードに書かれていたバンド名もたしかめたんだけど」
「見まちがえたんじゃないか？　アニキはキラキラ系のテクノポップミュージックがすきで、だからバンド名はテクノボーイズだけど」
「テクノボーイズと、デクノボウズ？　ま、まぎらわしいんだよおおおお！」
　ぼくは思わず、大声でさけんでしまった。
「あらボウヤ、なに吠えてるのー？　さて、今日でフェスは終わり。ねえみんな、アタシのお店にいらっしゃいよ。おごったげるわ！」
　レオンとミオンをかこんでいた女の子たちにもマルボさんは声をかけ、みんなをひきつれ、ゆっさゆっさと歩いていく。

その店は、商店街のなかほどにあった。シャンソン喫茶〈バラ色の人生〉。
店のドアに「準備中」の札をかけたマルボさんは、「さあさ、今日は貸し切りパーティー！」そういって、ジュースやピザを気前よく、ぼくたちにごちそうしてくれた。
テクノボーイズとデクノボウズの歌をみんなでうたい、めっちゃもりあがる。
マルボさんはシャンソンをうたった。『水に流して』という、人生をふりかえりうたう曲は、なんだかせつなくて、しみじみしていて、ぼくは涙を流しそうになってしまった。

西の空があかね色にそまっている。羽月とぼくは、ならんで帰り道を歩く。
「楽しかったねー！」
「うん。でも、ふたごだったなんて、チッ、おどろいたなー」
羽月は、こんどはレオンに恋したんだろうな……。ぼくはもう、よけいなことはしない。
「あのさコロチ、あたし、前からいおうと思ってたんだけど、その『チッ』ていうくせ、感じわるいからやめなよ。あたしも、へんな歌、へらすようにするからさ」
「え？　そんなに『チッ』とかいってるか？」
「うん。くせって、なかなか自分じゃ気づかないって、前にうちのおばあちゃんがいってた。その『チッ』がなくなったら、あたし、コロチのこと、もっとすきになると思うな」
……え？　え！　いま、なんていった？　聞きまちがえたのかな。
「ねえコロチ、さっき、『よけいなことしてごめん』っていってたけど、それって、あたしのこと、心配してくれたからだよね？」
「……う、うん」
「やっぱりそうなんだ。サンキュ！」
そういうと羽月は、きゅっと、ぼくの手をにぎった。え？　え！　えええー!?
ドキドキドキドキ！　な、なんだ、この胸の音は。ぼくは、ぼくはこのふつうじゃないドキドキを羽月に気づかれないように、必死でクールな表情をつくる。けど胸のなかでは、あのデクノボウズの歌が、ドキドキのリズムにあわせてガンガンガンガン鳴りひびいて……。

♪きみのハートの　ありかはどこだ
考えるアタマより　感(かん)じるココロ
恋(こい)はハートで　恋はハートで　恋はハートで　恋はハートで！

……チッ、とまらなかったんだ。

◆作者より

この作品「恋はハートで」のヒントにさせてもらったのは、『ハムレット』や『ロミオとジュリエット』でよく知られた英国の劇作家シェイクスピアの、『十二夜』という喜劇です。

わたしが高校生のときのこと。わがクラス二年B組の女子は、文化祭の出しものとして劇を企画しました。それが『十二夜』。嵐で船が難破して、はなればなれになってしまったふたごの兄妹ヴァイオラとセバスチャン。この二人とかかわる港町の人々がくりひろげる、片思いと、いたずらと、思いちがいの物語。からみあう人間もようが愉快で、うたう場面も多い楽しいお芝居です。わたしはピアノを弾いて録音したりと、音楽を担当していたのですが、登場人物が多い劇なので舞台にも立つことになりました。そして配役をくじ引きで決めたため、ふたごの片方の役になってしまいました。この二人が似ていなくて、どうしようかと（笑）。でも、なんとかメイクで似せて、無事に本番を終えることができました。たどたどしいお芝居でしたが、劇を観ていた隣組――A組の女子で、「感動した！」と泣いてくれた人もいました。いい思い出です。

『十二夜』。みなさんもいつかぜひ、読んでみてくださいね。

鬼(おに)より団子(だんご)

吉橋通夫(よしはしみちお)

1

「ねえ、母さん。まだ？」
「もうすぐ最後の、七曲がりの急な登り坂よ」
「この車で、だいじょうぶ？」
なんせ、母さんが十五年も乗りつづけている軽自動車だ。
「母さんの、あざやかなドライブテクニックを信じなさい」
信じられない。へこみやキズだらけの車体が、「信じるな！」とわめいている。
こんな山奥に人間が住んでいるのも、信じられない。そこへひっこすことも、信じられない。
弟が助手席に乗りたいと、だだをこねるから、うしろにすわったら、横に乗ってきた父さんは、ずっとあたしにもたれっぱなしで、ねむっている。
ポンコツ車が、曲がりくねった山道を、けものみたいに、うなりながら登っていく。
急に、ポンコツ車がとまった。

父さんが、あたしのひざの上にずり落ちたけど、まだ目をさまさない。こいつは「不死身のねむり男」だ。

外へ出た母さんの声が、はずむ。

「ほら、大樹も恵もおりてごらん。あそこが、母さんの生まれ育った『きびの里』だよ」

あたしたちがひっこすのは、岡山の山奥にある、人口百人ほどのちっぽけな集落。なんと、平均年齢が七十歳だとか。学校までは車で十五分、歩けば一時間もかかる。

でも、そこが母さんのふるさと。

「おおっ、すげえ！」

弟の大樹が、いつもの「すげえ！」を連発する。いいよな一年生は、むじゃきで。

父さんをシートの上にころがして、あたしも車からおり、母さんの横に立った。

「えっ、なに、これっ」

それしか言葉が出なかった。

はるか下のひらけた場所に、ぽっかり鏡のような池がひとつ。緑の森にかこまれた青いひとみって感じ。
「あれは、蒼池っていうのよ」
蒼池のまわりに、ぽつんぽつんと家がちらばり、まったくの別世界だ。しんとして、風もうごいていない。
こんなところがあったなんて。
思いつく言葉をならべてみる。
「わすれられた山村、かくれ里、民話のふるさと……」
きのうまで住んでいた町は、冷たくかたい灰色だったけど、ここは、やわらかい緑色につつまれている。空気までが、やさしい。
何か、とくべつなことに出会えそうな予感がする。
母さんが、とくいげな顔をして鼻の頭をこする。
「どう、ご感想は？」
「うん……まあまあかな」
山奥なんかへひっこすのはいやだと、ごねまくっていたので、返事がしにくい。

「さて、いざ、新しきわが家へ」

2

その日の夕方、「新しき」わが家は、この里じゅうの人があつまったのかと思うほど、お年寄りであふれかえった。

それぞれに、お酒や食べ物をもちより、「新住民歓迎パーティー」なるものが行われたのだ。

「この家に人が住むのは、何年ぶりかのう」

「けいばあちゃんが東京へ行ったのが、たしか十年前じゃけん、やっぱり十年ぶりじゃろうのう」

「東京みてえな都会へ行くけん、早死にしてしもうたんじゃ」

ばあちゃんが病気になったので、母さんが引き取り、東京でいっしょに住みはじめたあくる年、あたしが生まれるのと入れかわりみたいに、亡くなった。だからあたしは、ばあちゃんの顔も知らない。

でも、あたしの名前は、ばあちゃんの「けい」を漢字にした「恵」。

ひっこす前に三度、父さんと母さんはここへ来て、あちこち、かたづけたり直したりしたけど、まだ終わってないという。

それでも、いそいでやってきたのは、炭焼きをすると決めた父さんが、冬になる前に、ひと仕事したいからだ。

毎朝、さえない顔をして会社へ行っていた父さんが、炭焼きの話になると、少年みたいに目をかがやかせていたけど、それが本当になってしまった。

母さんは、この家に残っていた手織機で、「自分の羽をぬいて世にも美しい布を織るわ」と、少女のように目をきらきらさせている。

あんたは、民話「夕鶴」の主人公か。

世の中とは、少しずれた親だとは思っていたけど、少しどころではなかった。そんな仕事で、あたしと弟の大樹をしっかり食べさせてくれるのかね。

いちおう母さんは、ここへ来るとちゅうにあった「道の駅」で、パートで働くことになっているらしい。その「道の駅」で売っていた「きび団子」は、この里の名物だとか。

お年寄りたちのパーティーには、つきあいきれないので、早めに大樹とふたりで、ふとんに入った。

大樹は、だれの血をひいたのか、横になったとたんに、すやすやと寝息をたてはじめた。でもあたしは、広間の声がうるさくてねむれない。

ひっこし荷物はまだほどいてないので、本も読めない。

思い出した。この家を探検していたとき、角部屋というところに、ガラス戸のついた大きな本だながあった。けいばあちゃんの本らしい。

そろりと起き出して、行ってみる。

電気をつけて本だなをのぞくと、やたら「鬼」と名のつく本が多い。

『鬼とはなんぞや』『昭和の鬼退治』『鬼の神通力』『鬼より団子』……。

題名から、『鬼より団子』をえらんで手にとる。ぱらりとめくったら、ひらりと紙が落ちた。

習字でつかう半紙に、黒々と二行の文字。

鬼をけっして目ざめさせてはならぬ。
鬼は人の寿命を決めてしまう。

けいばあちゃんが書いたのだろうか。
むかし話の世界ならいざ知らず、まさか今の世に、鬼はいないだろう。でも、きっぱりとした筆文字には、大まじめな熱い思いがこめられているようだ。
あたしは、たたみの上にすわりこみ、『鬼より団子』を読もうとした。
そのとき、あけっぱなしにしてあった戸口から、何者かが入ってきた。
部屋のあかりが人影にさえぎられ、くらくてよく見えない。頭が天井にとどくほどの大きな黒い人影が、ずしりずしりと部屋の中をとおりすぎていく。
な、なんだ、いったい。にげだしたいのに、体がうごかない。
これは、ゆめ？　それとも、まぼろし？
ふいに、低い声が、むねにひびいてきた。

――ダイキ、十八歳、戦死――

大男は、なぜか、あまいにおいをはきだしながら、反対がわにある戸口から出ていった。

かなしばりにあっていたあたしは、はっと、われにかえった。

「な、なによ、今の！」

たしか「ダイキ」っていってた。弟の大樹のことかもしれない。

しかも、十八歳で戦死とか。

戦死って、戦争で死ぬことだよね。ちょっと前に、「戦後七十年」とさわがれていたから、もうとっくに戦争は終わっている。

いま、大樹は七歳。十一年後に、戦争で死ぬはずがない。

きっと、だれかとまちがえているんだ。七十年以上前に、「ダイキ」という人が戦死したことを口にしただけなんだ。

でも、じわじわと不安がむねにひろがっていく。

もし、あの大男が鬼だったら、神通力で人の寿命を決めるとしたら……。

大樹は十八歳で死ぬのかもしれない。

「た、大変！」

あわててパーティー会場へとびこんだら、カラオケもないのに、手びょうしで大合唱中。

♪ツルは千年　カメ万年
　不老長寿の　われらの里は
　　しらが頭も　日本一

ひとり父さんだけ、完全にのびている。たった一杯のお酒で、すぐにねてしまう人だ。

「母さん、鬼が出た！」

大声でさけんだら、とたんに、しーん。

母さんは、とろんと、よっぱらった目をしている。

「鬼が……どうしたって？」

「大木みたいにでかいやつが、角部屋の中をずしりずしりと、こっちからあっちへ」

「やはり、出たか」
と、声をあげたのは、「不老長寿」を絵にかいたようなおじいさん。まゆげも頭も口ひげも、真っ白。
「あやういご時世じゃとは思うておったけど、とうとう目ざめてしもうたか」
広間は、あんなにもりあがっていたのがうそみたいに、静まりかえっている。
不老長寿のおじいさんが聞く。
「恵ちゃん。その鬼、何かいわなんだか」
「いった！『大樹、十八歳、戦死』って」
お年寄りたちが、顔を見あわせてつぶやく。
「大樹なんてもんは、この里には、おらん」
「よその人間のことじゃろう」
あたしと弟の名前は、父さんが最初に紹介したのに、もうわすれている。
よっぱらいの母さんが、大声をあげた。
「大樹は、わたしの長男でえす。十八歳ではありません。七歳でえす」

さっきの不老長寿が、ふたたび口をひらく。
「やはり、おじょうちゃんは、けいばあちゃんの生まれかわりじゃのう。あの角部屋で鬼と出会ったのは、たまたまじゃねえで。けいばあちゃんも、おさないころに、鬼のおつげを聞いたことがあるんじゃ」
「ど、どんなおつげだったんですか」
「あんたが聞いたのと、同じじゃ。名前と年齢と死に方。その人は、おつげのとおり水死しなさった」
「う、うそでしょう」
「ここにいるもんは、みんな覚えておる」
お年寄りたちが、いっせいにうなずく。
「大樹くんは、まちがいのう、十八歳で戦死するじゃろう。鬼は、神通力で人の命をうばいさるんじゃ」
お母さんが、大声でいいかえす。
「じょうだんじゃないわよ。この平和な日本で、だれが戦死なんかするもんですかあ」

不老長寿が、あごひげをしごく。
「新聞を読んでおらんのか。日本も、いつまた戦争をおっ始めるかわからんような世の中じゃ」
「じゃ、いったいどうしろっていうのよ」
「鬼が目ざめた以上、もはやどうすることもできん。なにごとも、運命とあきらめるしかねえじゃろう」
「だったら、わたしは大樹をつれて、この里を出ていくわ」
「前におつげを受けた者も、里を出ていって、外で水死したんじゃ。どこへ行こうと、鬼の神通力からは、のがれられん」
パーティーは自然におひらきになり、みんな、だまりこくって帰っていった。

3

「あんな話、つくりごとに決まってるわ。恵は、ゆめでもみたんでしょう。さっさとねなさい」

と、母さんに追い立てられ、あたしも部屋にもどった。断じてゆめではないといいはったけど、聞いてはもらえなかった。

大樹は、なんにも知らずに、ふとんをけとばしてねむりこけている。母さんそっくりの丸っこい顔を見ているうちに、だんだん、むねが苦しくなってきた。

大樹は、わずか十八歳で死ぬかもしれないのだ。おとなになって、人生を楽しむ時間もなく、やりたい仕事にうちこむこともできず、すきな人と結婚して、わが子をむねにだくこともなく……。

なんだか、目がうるうるしてきた。まだ、本当に死ぬと決まったわけではないのに。

決まった？

じょうだんじゃないわ。鬼に人の寿命を決められて、たまるもんですか。

あたしだって、自分の一生をたいせつにしたい。めいっぱい、力いっぱい、せいいっぱい、思うぞんぶんに生きたい。むねがキュンとなるような恋もしたい。

人生のとちゅうで、命をうばわれるなんて、とんでもない。

いったい、どうしたらいいんだろう。

もしかして、けいばあちゃんは、鬼のおつげをひっくりかえすために、鬼をしらべはじめたのでは？

あたしは、むくりと起きあがって、ちょっとこわかったけど、角部屋へむかった。

すると、あかりがついているではないか。

「えっ、鬼？」

鬼がわざわざ電気をつけるだろうか。

部屋をのぞいてみたら、母さんと父さんだった。お酒の酔いがいっぺんにさめたのか、ふたりで本だなの前にすわりこみ、鬼の研究者になっている。

いくら世間からずれているとはいえ、やはり鬼のおつげが気になるようだ。

あたしを見ると、母さんは「あらっ」と、少しバツが悪そうな顔をした。

ふたりの前には、あたしが落としたままにしていた、「鬼をけっして目ざめさせてはならぬ」の半紙がおいてある。

母さんがつぶやく。

「これ、けいばあちゃんの書いた字なのよ」

あたしも、ふたりの横にすわって、『鬼より団子』を本だなからとりだし、もう一度めくりはじめた。

でも、読めない漢字が多いし、むずかしい言葉もあるし、だんだんまぶたがふさがってきた。

ぽとりと本を手から落として、あわててひろいあげる。ぐうぜんにひらいたうら表紙の内がわ、白いところに筆書きの文字があった。

鬼には団子をつかうべし。
鬼を蒼池にとじこめるべし。

おばあちゃんが書いたものらしい。

「父さん、これを見て」

と、そこをひらいたまま手わたす。

父さんが、ポンとひざをたたいた。

「よしっ、わかったぞ。団子をつかえばいいんだ。蒼池にとじこめてしまえばいいんだ」
横からのぞきこんだ母さんも、歓声をあげる。
「これで大樹は、死ななくてもすむわ！」
大よろこびをしているけど、何か、かんじんなことが、ぬけているのではありませんか。
「いったい、団子をどうつかうのよ。鬼にぶつけるの？　どうやって、蒼池の中にとじこめるのよ」
いそいで母さんが本をあちこちめくってみたけど、ほかに筆書きの文字は見つからない。
あたしは首をかしげながら聞いた。
「どうして、けいばあちゃんは、かんじんなことを書かなかったのかな」
「そんなこと、けいばあちゃんに聞いてみないと、わからないよ」
それが、四捨五入したら四十歳にもなる、おとなの答えか。

はっと気づいた。
桃太郎だ！
団子は、きび団子にちがいない。「道の駅」で売っていた、この里の名物。
そういえば、蒼池の真ん中に、ぽつんと島みたいな場所があった。
「母さん、蒼池の真ん中にあるのは、『鬼が島』とちがうの？」
母さんが、あらっという顔をした。
「そう名づけたのは、けいばあちゃんよ。わたしが子どものころ、桃太郎の鬼退治の話をしてくれるとき、あの島を指さして、『いざ、鬼が島へ！』なんていってたわ」
「桃太郎は、どんなふうに鬼退治をしたの」
「ええっと、ちょっと待ってね。いま思い出すから……」
少しして、母さんが、けいばあちゃんの口調をまねするみたいに語りはじめた。
「桃太郎は、きび団子をぎょうさん船につみこんで、いざ鬼が島へとむかったんじゃ」
「えっ、きび団子を持って、鬼退治に行ったの」
「まあ、だまって聞きんさい。ぼちぼち思い出してきたけん」

急に岡山弁になっている。

「鬼が島へつくと、大声でよばわったのじゃ。鬼よ、おめえの大すきなきび団子をぎょうさん持ってきたけえ、早う出てきて食べんさい。ほれ、ええにおいがしとるじゃろう。そしたら、鬼がすがたをあらわして、むしゃむしゃ、もぐもぐ、食べるわ食べるわ。船いっぱいのきび団子を、のこらず食べつくしてしもうたんじゃ。鬼は、ああ、うめえ。ひさしぶりに、きび団子を腹いっぺえ食うたけえ、ねむとうなってきた。わしゃ、もうねるわ……ちゅうて、こてんとねむってしもうた。それからというもの、鬼は長いあいだ、池の底でねむっておるそうじゃ。むかしこっぷりどじょうのめ」

「なによ、どじょうのめって」

「けいばあちゃんが、むかし話が終わったときにいう決まり文句よ」

「きび団子をたらふく食べさせて、池の底でねむらせればいいのね。そしたら、大樹もたすかるんだね」

すると、お父さんが横から口をはさんだ。

「そんな、へんてこりんな鬼退治の話なんて、聞いたこともない。どうせ、けいばあちゃんがつくった、ほら話に決まっているさ」

あたしは、いいかえした。

「じゃ、父さんは、大樹をどうやってたすけるつもり？」

「もちろん、きび団子をたっぷりと鬼に食わせて、ねむらせるつもりさ」

4

あくる朝、早くから、父さんと母さんは里じゅうをかけまわって、「きび粉」をもらってきた。ついでに、ぞろぞろと、お年寄りたちもあつまってきた。

さて、みんなで、きび団子づくりだ。

♪ツルは千年　カメ万年
　不老長寿の　われらの里は
　　きび団子の味も　日本一

土間と台所とに、お年寄りがあふれ、かまどにまきをくべたり、きび粉をこねたり、むしたり、丸めたり、大さわぎ。

できあがったのは、ごま味、きなこ味、あんこ味の三種類。
大樹とふたりで、ひとつずつ味見をさせてもらった。
「うん、いける！」
「道の駅」で売るときの十八個入りの紙箱に、どんどんならべていく。箱の左右にはひもがついていて、ふたをして、くくるようになっている。
あっというまに、百箱もつみあがった。
蒼池には、不老長寿の白ひげさんが、すでに船をうかべていた。船といっても、カップルが湖などでよく乗っている、手こぎのボートだ。
「むかし、この池には、コイやフナもすんでおった。わしらは船をうかべて、魚つりを楽しんでおったもんじゃ」
みんなの手わたしリレーで、ボートに団子入りの箱をつみこんだ。父さんと母さんが乗ろうとしたら、不老長寿がいった。
「恵ちゃんも、行かにゃいけん。なんせ、鬼の声を聞くことができるむすめじゃからのう」

少しこわかったが、あたしも母さんの横にすわった。すると、弟の大樹が、うきぶくろをかかえて走ってきた。

「ぼくも行く。だって、ぼくのために、みんなが……」

それだけしかいわなかったが、鬼のおつげのことを耳にしたようだ。

母さんがきっぱりという。

「そうだね。自分の命を勝手にうばわれてたまるもんかって、鬼にいってやらなきゃね」

「うん。ぼく、がんばるよ」

母さんと父さんが、真ん中におしあいへしあいしてすわり、オールを一本ずつにぎった。あたしと大樹は、いちばんうしろにならんですわった。

「いざ、鬼が島へ！」

母さんと父さんが、ボートの選手みたいにオールを動かしはじめたけど、ちゃんと前にすすまない。右へよろよろ、左へふらふら……。

あたしは、どなってやった。

「夫婦なんだから、もっと息を合わせてよ」
岸からも、里のみんなが声をかけてくれた。
「それっ、エイホッ、エイホッ」
おさるのかご屋さんみたいだ。
「それ行け、やれ行け、鬼が島」
「ひとこぎ、ふたこぎ、エイホッホッ」
やっとついた。父さんが島へとびうつって、大岩にボートのつなをくくりつける。
おとなが二、三十人、輪になってすわれるぐらいの島だ。
きび団子の入った箱を、四人で手わたしでおろす。島の真ん中につみあげ、いくつかの箱のひもをほどき、ふたをあけた。あまいにおいが、あたりにひろがる。
母さんがさけぶ。
「鬼よ。おめえの大すきなきび団子を、ぎょうさん持ってきたけえ、早う出てきて食べんさい。ほれ、ええにおいがしとるじゃろう」
でも、なんの物音もしない。鬼が出てくる気配もない。

頭をひやしてよく考えてみれば、この島には、家もなければ木もはえていない。大きな鬼がすがたをかくす場所など、どこにもない。

そのとき、ヒューンと、空気を切りさく音がした。とたんに、ドスーンと島がゆれた。

すると、目の前に、鬼が！

人の五、六倍もありそうな鬼が、どこから飛んできたのか、ズズンと立っている。

きのう、あたしが角部屋で見たときよりも、さらに大きくなっている。

「うわっ、鬼さま。どうか食わないで！」

ふるえながら、父さんがさけぶ。さけびながらも、両手をひろげて、母さんやあたしたちを守ろうとする。

母さんもさけぶ。

「わたしらは、おいしくないよ。食べるのなら、おいしいきび団子をどうぞ！」

大樹までさけんだ。

「ぼくの命を持っていくな！」

鬼は岩にこしかけると、きび団子をひと箱、手にとった。鼻をよせて、においをかぎ、なんともうれしそうに、ニッカニッカとわらう。

やおら、箱をななめにかたむけると、大口をあけて、きび団子を流しこんだ。

もぐもぐと二、三度口をうごかし、ごくりとのみこむ。すぐに、ふた箱目に手をのばし、ざーっと流しこむ。

次から次へと、ふたをとっては口の中へ流しこみ、あっというまに、百箱のきび団子を、すべてたいらげてしまった。

口のまわりを、舌でぺろりとなめる。

——ふう、まんぷく。うまかった——

あたしには、鬼の声がそう聞こえた。

鬼は、人間をのみこんでしまいそうなほどの大あくびをひとつした。

——さあて、しばらくねむるとするか——

とたんに、しゅるしゅるっと体がちぢみはじめる。

ずんずん小さくなっていき、とうとう、小指ほどの大きさになった。

今だ！

あたしは、ぱっと鬼をつかみ、きび団子の箱にほうりこんだ。ふたをして、ひもをぎゅぎゅっとかたくむすぶ。

「あんたは、ずっと蒼池の底でねむっていなさい。二度と目ざめてはだめ！」

箱を、池へむかって思いきり投げる。

小さな水しぶきをあげた箱が、ゆらゆらと池の底へしずんでいく。

あたしには、わかった。

人の命をうばう鬼の神通力が、今、この世から消えさったことが。

◆作者より

みなさんは、自分が何歳まで生きるかが、生まれたときから決まっていたとしたら、どう思いますか。

『今昔物語集』の第二十六巻には、生まれたばかりの赤ちゃんが何歳のときに何が原因で死ぬのかを、鬼がつぶやいて去る話があります。

医学の発達していないむかしは、子どもが早く亡くなることが多かったのですね。だから親は、「これは運命だ」「この子の寿命は前世から決まっていたのだ」と、自分にいいきかせることで、悲しみにたえていたのです。

でも、運命は自分で切りひらいていくものですよね。自分の一生を、だれかに決められたくはありません。命の火を、人生のとちゅうで、だれかの手によって消されてたまるもんですか。

そんなことを考えていたら、おとぎ話「桃太郎」の鬼退治がうかび、この物語ができました。

郵便はがき

料金受取人払郵便

牛込局承認

8554

差出有効期間
2018年11月30日
（期間後は切手をおはりください。）

162-8790

東京都新宿区市谷砂土原町 3-5

偕成社 愛読者係 行

ご住所	〒 □□□－□□□□ 都・道 府・県	
	フリガナ	
お名前	フリガナ	お電話
ご希望の方には、小社の目録をお送りします。 ［希望する・希望しない］		

本のご注文はこちらのはがきをご利用ください

ご注文の本は、宅急便により、代金引換にて１週間前後でお手元にお届けいたします本の配達時に、【合計定価（税込）＋代引手数料 300 円＋送料（合計定価 1500 円以上は無料、1500 円未満は 300 円）】を現金でお支払いください。

書名		本体価	円	冊数	円
書名		本体価	円	冊数	円
書名		本体価	円	冊数	円

偕成社 TEL 03-3260-3221 ／ FAX 03-3260-3222 ／ E-mail sales@kaiseisha.co.jp

＊ご記入いただいた個人情報は、お問い合わせへのお返事、ご注文品の発送、目録の送付、新刊・企画などのご案内以外の目的には使用いたしません。

★ ご愛読ありがとうございます ★

今後の出版の参考のため、皆さまのご意見・ご感想をお聞かせください。

●この本の書名『　　』

●ご年齢（読者がお子さまの場合はお子さまの年齢）　　歳（ 男 ・ 女 ）

この本のことは、何でお知りになりましたか？

書店　2. 広告　3. 書評・記事　4. 人の紹介　5. 図書室・図書館　6. カタログ
ウェブサイト　8. SNS　9. その他（　　）

●ご感想・ご意見・作者へのメッセージなど。

ご記入のご感想を、匿名で書籍の PR やウェブサイトの感想欄などに使用させていただいてもよろしいですか？　〔 はい ・ いいえ 〕

＊ ご協力ありがとうございました ＊

偕成社ホームページ　http://www.kaiseisha.co.jp/　Facebook も やっています！

ねむっちゃった姫（ひめ）

服部千春（はっとりちはる）

園庭のすみっこで、だれかが『一年生になったら』の歌をうたっていた。
ぼくは、いやでも耳に入ってくるその歌詞を聞きながら、ぼうっと考えていた。
（一年生になったら、ほんとに友だちが百人もできるのか？　ぼく、百人分の名前なんて、おぼえられない、きっと……）
そして、すみれ組のミドリ先生にいわれて、お帰りの準備をはじめた、そのときだった。
幼稚園カバンを肩にかけたぼくの前に、サヤちゃんが立ったのだ。
「トモくん……」
ぼくは、「なーに？」と、首をちょっとかしげた。うつむいたサヤちゃんは、もじもじしながら、自分の幼稚園カバンから、ピンクの紙づつみをとりだした。
「サヤちゃん、なに、これ？」
「バレンタインデーだから……」
「えっ！　ぼ、ぼくに……？」
ぼくはびっくりして、なんていえばいいのかもわからず、ただつっ立っていた。

ぼくと、サヤちゃん。きっかけは、秋のおゆうぎ会でやった、『ねむり姫』の劇だった。

ねむり姫の役は、サヤちゃん。そして、ぼくが王子さまの役だった。

王子さまは、ベッドでずっとねむっているねむり姫の手をにぎった。すると、ねむり姫は、パチッと目をさました。

そのおゆうぎ会のすぐあとからだった。サヤちゃんは、いつもふと気がつくと、ぼくの近くにいるようになった。

サヤちゃんには、ぼくがほんとうの王子さまに見える……？　そんなわけないよなって、自分でわらってしまった。

でも、ぼくの目の前で、「チョコレート」らしいものをもっていたサヤちゃんのことを、ぼくはどうすればよかったのだろう？

そのとき、ぼくは、すっかりうろたえた。

すると、ぼくたちの異変に気づいたすみれ組のみんなが、ざわざわしはじめた。

「あーっ。サヤちゃんが、トモくんに、チョコレートだってぇ」

「えーっ。そんなの、幼稚園にもってきたらいけないんだよぉ」
「いいじゃん。だって、サヤちゃんは、トモくんがだーいすきなんだからぁ」
そこで、だれかがいいだした。
「じゃあ、けっこんするのぉ？」
「きゃあ！」なんて、女の子がいって、
「けーっこんっ、けーっこんっ！」
「けーっこんっ、けーっこんっ！」
みんなが、手をたたきながらの大合唱になってしまった。
な、なんで、こうなるんだ？
顔をまっ赤にしてうつむいたサヤちゃんは、泣きだしてしまった。
ぼくは、サヤちゃんの目から涙がおちたのを見て、ただおろおろ……。
ろうかにいたミドリ先生が、あわてて部屋に入ってきた。
「サヤちゃん、どうしたの？　お荷物はカバンにいれて、お帰りの用意をしようね」
ミドリ先生は、サヤちゃんが両手でかかえていたピンクの紙づつみを、サヤちゃんのカバンにしまってしまった。
サヤちゃんは、すこしだけ顔をあげて、ぼくのほうを見た。
そのときだれかが、ミドリ先生に、よけいな告げ口をした。
「あのねぇ。サヤちゃんったら、トモくんとけっこんしたいんだってさ」
「ま、まあ……！」
ミドリ先生が目をまんまるにした。
顔をゆがめたサヤちゃんの目から、また大粒の涙がこぼれた。
ど、どうしよう……。
なにかいわなきゃ、とあせったぼくは、
「あ、あのさ。ぼくは、おとなになったら、いちばんすきな人とけっこんするんだ。でも、それがだれか、サヤちゃんかどうかは、まだわからないんだよ」
そんなことを口走っていた。
そのあとすぐ、バスのお当番の先生がよびにきて、サヤちゃんは黄色い幼稚園バスにのって帰っていった。

ぼくがのるのは、青い幼稚園バスのほう。
けっきょく、サヤちゃんのバレンタインチョコレートは、もらえずじまいだった……。

あれから、もう四年近くになる。そうだよね。ぼくは、四年生になった今でも、ときどき思いだす。
サヤちゃんをきずつけたままの、にがい後悔の気持ちと、耳にこびりついたままの『一年生になったら』の歌を……。
あのときぼくは、なんで、あんなことを口走ったのだろう……？　そのあと、サヤちゃんとは、ずっと口をきいていない。
何度か話しかけようと思ったけれど、サヤちゃんは、一度もぼくのほうを見ようとしなかった。
そして、ぼくたちは、そのまま卒園式をむかえた。
一年生になったら、小学校でサヤちゃんに会ったら、ぼくはサヤちゃんになんていってあやまろう？

そのことばかりを考えていたのに、ぼくが入学した小学校には、サヤちゃんはいなかった。春休みのあいだに、遠い町へひっこしたのだと、あとで友だちがおしえてくれたのだった。

四年一組の朝の教室。

バタバタとろうかを走ってきて、ガラッといきおいよく戸をあけたのは、アキラだ。

「アキラ、寒い。戸は、あけたらしめる！」

まだ十一月になったばかりなのに、風がつめたい朝だ。

アキラは、ぼくの注意もきかずに、ハアハアと肩で息をしている。

「て、転校生……」

教室の外をさして、アキラはそういった。

「いまさっき、職員室の窓から見えた。先生のそばに、知らない子がいた。あれは、ぜったい、転校生だ」

それを聞いて、クラスのほかの子たちもあつまってくる。

「えっ、転校生？」
「ほんとうなの？」
「男子？　女子？」
「どっち？」
するとアキラは、「さあ？」と、首をひねった。
「なんだよ、それ。男子か女子かもわからないんじゃ、はっきり見たわけじゃないんだろ？」
そんなんじゃ、転校生だというのも、あやしいもんだ。
「あれえ？」といいながら、頭をかくアキラ。
そこで、始業のチャイムが鳴りはじめた。
キーンコーン、カーンコーン……。
あつまっていたみんなが、「なーんだ」といいながら散っていく。
始業のチャイムが鳴りおわると同時に、アキラがあけたままだった前の戸から、担任の坂井由里先生が入ってきた。

その先生の背後を見て、教室のみんながどよめいた。
「あの子、だれ？」
「転校生？」
ぼくも、おどろいた。
先生のあとから、見たことのない子が教室に入ってきたのだ。
髪はショートカットで、紺白ボーダーのセーターを着ている。デニムのスカートをはいていなければ、男の子にまちがえられそうなほどボーイッシュ。でも、くりくりとよく動くまるい目が、ちょっとかわいい。
その子を指さして、アキラがとくいげにさわぐ。
「ほら！　ほらあっ！」
教室のざわつきをしずめて、先生がいった。
「今日から、このクラスに友だちがふえます。おとうさんの仕事の都合でひっこしてきた……、そうね、自分で自己紹介できますね？」
それまで入り口のそばに立っていた子が、「はい」と返事をして、教壇にあがった。

「名古屋からひっこしてきました。サイトウサヤです……」
先生は自己紹介を聞きながら、黒板に白いチョークで「斉藤沙耶」と名前を書いた。
それでもぼくは、
(沙耶って、サヤちゃんとおんなじだ。サヤちゃんって、名字はなんだったっけ？　あれ？　もしかして、斉藤だったかも……？　そうしたら、同姓同名？　斉藤って、よくある名前なんだよな)
なんてことを考えていた。
だってサヤちゃんは、色が白くて、ぷくんとしたほっぺがピンクで……長い髪をいつもポニーテールにしていて、歩くと、くるんとカールした毛先がゆれて、かわいかった。
前に立っている、日焼けなのか浅黒い肌で、ボーイッシュなショートカットの斉藤沙耶と、サヤちゃんとでは、ずいぶんちがいがある。
すると、斉藤沙耶の自己紹介につづけて、先生がいったのだ。
「沙耶さんは、幼稚園のときまでこの町に住んでいて、そのあと、おとうさんが名古屋に転勤になって、そしてまたこっちへ帰ってこられたそうです。だから、このクラスの中には、幼稚園でいっしょだった人もいるでしょうね」

ええっ！

とたんに心臓が、ドクドクと音をたてそうになった。

うそだ。うそだろ？

思わず、そうさけびそうになった。

けれども、同じことを、ぼくより先にいったやつがいた。

「うっそだあ！　ぜーんぜん、別人じゃん！」

アキラだった。思えばアキラも、通っていた幼稚園が同じだ。そして、クラスもすみれ組で、ぼくらはいっしょだったのだ。

そのとき、ぼくは見てしまった。

アキラのさけびのあと、沙耶の口が舌打ちのような音をたてたかと思うと、言葉にしない口の動きだけで、

「うるさいよ」

斉藤沙耶

と、そういったのを……。

転校してきたその日から、すぐに沙耶は四年一組のクラスになじんでしまった。

だれになにをきかれても、沙耶は、はきはきとこたえる。勉強も運動も、すごくよくできる。

なんでも、まえにいた町でサッカークラブに入っていたとかで、きっと運動神経がバツグンに発達したんだろう。

ひっこみ思案で、いつももじもじして、だれかの後ろにかくれていた幼稚園時代のサヤちゃんと、今の沙耶が同一人物だとは、ぼくにはどうしても思えない。

そう感じるのは、アキラも同じらしい。

「なあ、トモヤ。あれって、ほんとに、あのサヤちゃんなのか？」

そんなことを、アキラはぼくにきく。ぼくだって、信じられないのに……。

クラスにとけこんだ沙耶は、すぐに友だちにかこまれるようになった。

けれども、ぼくとアキラだけは、違和感をだいたまま、沙耶に話しかけることさえできずにいた。

沙耶のほうから、ぼくたちに声をかけてくる気配も、まったくない。

沙耶は、ぼくのことに気づいているのだろうか？

幼稚園のときのことを、おぼえているのだろうか？

あのときのことを今さらあやまったって、しかたがないのだろうか？

きいてみたいのに、なにもいえない、意気地なしのぼくだった。

それなのに、ぼくの目は、気づくと沙耶のことを見ていた……。

沙耶が転校してきてから、二週間がすぎた。

昼休みに、アキラとぼくはツレションをして、トイレから走って教室にもどるところだった。

アキラとふざけながら、ろうかの角をまがったら、だれかとぶつかりそうになった。

「あっ、ごめん！」

思わずあやまってから、相手の顔を見ると、沙耶だった。
うわっ、どうしよう……。
おどろいて、立ちすくんでしまった。
アキラも、ピタッと動きをとめている。と思ったら、先に口をきいたのはアキラだった。
「ねぇ、あの、斉藤沙耶……さん」
アキラったら、そんなふうに沙耶のことをよんだ。
「なに？」
沙耶は、ひとことだけ返して、首をかしげる。
「あのぅ、ぼくたちのこと、おぼえてる？」
なにをいうのかと思ったら、アキラはまっすぐそうきいた。
すると沙耶は、小さくうなずいたのだった。
「顔だけは、なんとなくね。でも、幼稚園のころのことは、ほとんどおぼえてないんだ、わるいけど」

それだけいって、沙耶はすっすと歩きだす。
ぼくは、あぜんとしてしまった。
ほとんどおぼえてない？
じゃあ、四年前のバレンタインデーになにがあったのかも、おぼえていないってことか？
ぼくの、この四年間の後悔の日々は、いったいなんだったんだろう……？
心の中につみあげてきた、四年間の気持ちが、ガラガラと音をたててくずれていく感じがした。
すると、少し歩きかけていた沙耶が、くるっとこちらをふりかえった。
「あのさ、いっとくけど、今のわたしは、幼稚園のときのわたしじゃないからね」
そして、つんと向こうをむいて、沙耶はまた歩いていった。
なんなんだ？　今のは、なんなんだ？
「おい、トモヤ。ぼーっとして、だいじょうぶか？」
気がつくと、アキラがぼくの目の前で手をふっていた……。

そして、その日の午後のホームルームの時間。教壇に立った先生が、クラスのみんなにむかっていった。

「みなさん、来月に学習発表会があるのは知っていますね」

「はーい！」

みんなの返事にうなずいて、先生はまたいう。

「そこで、このクラスは劇を発表したいと考えています」

「ええーっ！」

こんどはみんなが、おどろきの声をあげた。

ぼくだって、（劇？　そんなの、いやだぞ）と、なんだかわるい予感がした。

少なくないブーイングの声にもめげずに、先生は話をつづけた。

「それで、劇発表では、『ねむり姫』はどうかなと思っています」

えっ？　『ねむり姫』だって？

幼稚園のときといっしょだ。

なんだか、もっとわるい予感。
ぼくが不安を感じているあいだに、先生は沙耶の名前をよんでいた。
「斉藤沙耶さん。『ねむり姫』のお姫さまの役はどう？　転校してきたばかりだし、クラスのみんなだけでなく、ほかのクラスやほかの学年の人に顔をおぼえてもらう、いい機会だしね」
えっ？　ぼうっとしてたら、そんなことになっていたのか？
劇でお姫さまなんてやらなくても、沙耶はもうすっかり、この学校になじんでると思うのだけど……。すると、
「いいえ」
きっぱりといった沙耶が、立ちあがった。
「わたしは、ねむり姫になんて、なりたくありません」
先生は、「どうして？」と首をかしげる。
ぼくも、沙耶のあまりのきっぱりぶりに、あぜんとなった。
だって、幼稚園のときの劇では、あんなにかわいい「ねむり姫」をやったサヤちゃ

んだったのに……。

沙耶は、あごを少しつんと上にむける。

「わたし、王子さまなんて信じていませんから。王子さまが来てくれるまで、ただねむって待っているだけなんて、そんなお姫さまになりたくありません。だから、『ねむり姫』はきらいです」

沙耶の宣言に、クラスのみんなもどよめいた。

「うわーっ！」

「すごーい！」

けれども、先生はさすがだ。そんな沙耶に負けてはいなかった。

「なるほどねぇ、沙耶さん。でも、そんな『ねむり姫』のことをどう思うか？　みんなに問題をなげかける意味でも、いいかもしれないでしょ？」

そういって、沙耶をうなずかせてしまったのだ。

「よかった。お姫さまは、沙耶さんがひきうけてくれました。では、王子さまはだれがいいですか？　だれか、やりたい人？」

先生がそうきいても、だれも手をあげない。もちろん、ぼくもだ。
すると、アキラは、わざわざ立ちあがっていったのだ。
「先生、王子さま役は、トモヤがいいと思います」
えっ？　ええっ!?
ジョーダンだろうと、ぼくは自分の耳をうたがった。
それなのに、アキラの発言のあとすぐ、クラスのみんなが拍手した。
パチパチパチ……。
「トモヤくん、さんせーい！」
「それがいいと思いまーす！」
アキラのやつ！
もう、ぜったいにゼッコウだ！

つぎの日から、さっそく劇の練習がはじまった。
お姫さま役は沙耶で、王子さま役は、やっぱりぼくだ。

沙耶は、ぼくが王子役でいいのだろうか？

そう思いながらも、やっぱり沙耶になにも話しかけられない、どうしようもない、ぼく。

ぼくは、どんよりと暗い気持ちで、くばられた台本をひらいた。いやいや役をひきうけた沙耶だって、暗い気持ちはいっしょだろうと思った。

それなのに、沙耶はちがった。意外にも楽しそうな顔で、劇の練習にはげんでいるのだ。

せりふの練習のときだって、はきはきと大きな声を出していた。はずかしくて、ぼそぼそとしかしゃべれないぼくとは、大ちがいだった。

「トモヤくん。だいじょうぶだから、勇気をだして大きな声でせりふをいいましょう」

そう、ぼくは先生に注意されてしまった。

そしてやってきた、学習発表会、その本番の日。

四年一組の劇発表は、午後の部のプログラム一番だ。

ぼくたちは、昼休みのあいだに衣装に着がえて、ひかえ場所である体育館のうらに集合した。

ねむり姫役の沙耶は、おかあさんに借りてきたという、ふわふわした白いレースのワンピースを着ている。大きめのワンピースが、ロングドレスみたいでかわいい。

十三人の魔女役の子たちは、それぞれ自分たちで工夫した黒い服。

ぼくは王子さまだけれど、なんだかよくわからない、デニムのベストとジーパンの衣装だ。それでも金の色紙をはった王冠をかぶると、なんとなく王子さまに見えなくもない。

「みんな、あつまって！」

先生を中心にして、クラス全員で円陣をくんだ。

「四年一組、ファイト！」

「おーっ！」

うわぁ。ぼくは、胸がドキドキしてきた。

そっと沙耶のほうを見てみると……、沙耶はまったくおちついたようすで、小さくあくびまでしていた。

……舞台の上では、お城の塔のてっぺんに見立てた部屋で、十五歳に成長したねむり姫役の沙耶が、糸車に手をのばしている。

十五年前、姫の誕生祝いのパーティーによばれなかった十三番目の魔女が、さかうらみをして呪いをかけているとも知らずに……。

沙耶は、糸車の先の針で指をついてみせて、わざと「いてえっ！」なんて大げさな声をあげる。

見ている人たちが、わっとわらうと同時に、たおれたままねむりつづける姫。

暗くした舞台に、机をくっつけてつくったベッドをはこびいれて、ねむり姫をそこにねかせる。ぼくの出番は、このあとだ。

何人もの若者が、とざされたお城をこじあけようとするが、うまくいかない。

そして、ねむり姫がお城ごとねむったまま、百年の年月がたった。

大きく息をすいこんで、舞台に出ていったぼくは、胸のドキドキをおさえて声をあげた。
「おぉ。ここが、ねむり姫の城か」
それから、城をおおうイバラをたちきるつもりで、刀をふりまわす。塔のてっぺんまでよじのぼっていく……つもりのアクションのあいだに、舞台においた塔の絵がかたづけられた。
そして、こじあけたドアの向こうで、ねむり姫はねむっていた。王子役のぼくは、ねむり姫の顔をのぞきこんで、いった。
「ねむり姫……、なんと美しいことだ」
あ、あれ……？
スウ、スウ、スウ……。
ねむり姫役の沙耶から聞こえるのは、まさかの寝息？　まさかね。なにもそこまでリアルに演技をする必要はないのに、と思う。
「ねむり姫、目をさましてくれ」
王子は、ねむり姫のほほに、そっと手をふれる。すると、ねむり姫は、パチリと目

をあける……はずだった。
なのに、沙耶からは、なおも寝息が聞こえる。
どうしよう？　あせったぼくは、両手で沙耶の体をゆすった。
「ねむり姫、おきろ。おきてくれ！」
「う……ん、なに？」
やっと片目をあけた沙耶は、王冠をかぶったぼくを見て、ぽかんとした顔になった。
そして、うーんと両腕をあげて大きなのびをして、沙耶はいったのだ。
「ふわぁー。よくねたわ」
舞台を見ている人たちは、いっせいにわらった。おかげで、ぼくたち四年一組の劇発表『ねむり姫』は、コメディタッチのまま、幕をとじたのだった。
その日の終わりの会のとき、がんばったぼくたちを、先生はほめてくれた。
「みんな、とてもがんばって、すばらしい劇発表でした。ちょっと脱線しちゃったかもしれないけれど、みんなが楽しくできたことが、ほんとうによかったと思います」
なんて……。

沙耶の席にちらりと目をやると、てれちゃうなぁ、という顔で、沙耶は頭をかいていた。

ランドセルを背負って、教室の外へ出ようとしたとき、よびとめられた。

「トモくん！」

ふりかえると、そこに沙耶がいた。

ちょっとはにかむような表情をした沙耶に、はっとした。一瞬、むかしのサヤちゃんかと思ったのだ。

「きょうは、おこしてくれて、ありがとう。わたし、『ねむっちゃった姫』になるところだったね。あははは……」

上をむいて、大笑いをしている沙耶。

ぼくは、やっぱりあっけにとられて、つっ立っていただけだった。なさけないよね。

ただ、沙耶が「トモくん」と、むかしのようにぼくをよんだのに気づいて、ちょっとうれしかったことは、いっておきたい……。

◆作者より

むかし、小さな子ども時代のわたしは、外国のお姫さまもののお話がだいすきでした。白雪姫も、シンデレラも、おやゆび姫も、ねむり姫も……。

ふわふわのロングドレスを着て、王子さまによりそうお姫さまに、あこがれてあこがれて……。

しかし、成長していくにつれ、気づいてしまったのです。わたしがいくら待っていても、白馬にのった王子さまは、ぜーったいに現れないことにです。

そして、王子さまが運命の扉をひらいてくれるまで待っているなんて、つまらないと思いました。

来ない王子さまなら、こっちからさがしに行けばいい。自分の運命は、自分で切りひらいていくほうが、きっと楽しい。

「少年も、少女も、大志を抱け！」

わたしは、そう思います。

耳あり呆一（ほういち）

内田麟太郎（うちだりんたろう）

え～、お笑いを一席、おうかがいさせていただきます。

小泉八雲先生のお書きになりました名作に、『耳なし芳一のはなし』というのがございますが……。こちらは、いたってアホな話でございまして。どれくらいアホであるかと申しますと、ああなって、こうなって……。早い話が、むにゃむにゃでございます。

いまを去ること、うん百年のむかし。

琵琶の師匠が弟子を呼びました。師匠の名は明石泉一。一方流です。この流派は、名前に「一」をつけている方が多うございますから、芳一もその一人だったのかもしれません。

当時は、琵琶を習うほうも、教えるほうも、目のご不自由な方ばかりでございました。

「これ、彦一」

師はあらたまった声で、弟子にいいました。

「おまえもいよいよ、ひとり立ちすることになったが、これからわしのいうことを、心して聞くのじゃ。平家琵琶の秘曲に壇ノ浦があるが、それにもまして、小宰相の局の入水の場面のことである」

そこで師匠は、弟子の目をじっと見つめました。お二人とも目は見えませんが、気持ちは通じるのであります。

ちなみに、小宰相の局とは、平通盛の妻。宮中一の美女といわれたお方です。この方が、源氏に討たれた夫のあとを追い、入水されました。身投げでございます。

「これらを語るには、くれぐれも用心しなくてはならぬ。心おろそかに語ったがために、ほろびし平家の怨霊どもにとりつかれ、耳をうしなった琵琶法師がいるのは、おまえも知ってのとおりじゃ」

「はい」

芳一のことです。

「この者のことは、古い話ではあるが、平家の怨霊はいまなお成仏できずに、さまよっている。わかるか、彦一」

「おそろしゅうございます」

彦一はしずかに答えました。成仏とは、うらみや迷いをすて、仏になることです。それができないということは……。

「おまえのことじゃ、これだけ申しておけば、わしも心配することはない」

多くの弟子の中でも、人並み以上にすぐれている彦一です。師は、弟子に茶をすすめました。

（それにしても、おなじ弟子でありながら……。あのアホ一は）

そのアホ一が泉一をたずねてきたのは、つい五日前のことです。

「♪風が柳にほれたのか～　柳が風にほれたのか～♪」

大店の若旦那でした。大店というのは、大きなお店と書くくらいですから、お金のほうにはご不自由しておられません。

「まあ、うちの親父ほどうるさいのはいないね。いくら雷がうるさいといっても、おいらの顔を見るたびに、がらがらどしーんとは落ちてはこないよ。ところが、うちの親父ときたら、おいらの顔を見たとたん、ガミガミガミ……。あった」

若旦那は、看板の前で足をとめました。三尺のヒノキ板に、墨で「平家琵琶教授」と書いてあります。三尺というのは、九十センチほどでございましょうか。

「ここだね、熊公が教えてくれた、琵琶の先生というのは。うちの親父が、遊んでばかりいないで、なんでもいいから勉強しろというものだから、大工の熊公に相談したら……。こ・ん・に・ち・は」

若旦那は、いましがた玄関から出てきた男に、あいさつしました。

「目がご不自由のようで、まことに申しわけないんだが、ひらや琵琶の先生というのは、おられるかね。おられたら、ちょっくら呼んでくんねぇ。おいらも、ひらや琵琶というのを、少々お教えねがいたいんだが……。もしかして、あんた、セ・ン・セ・イ?」

泉一と、アホ一の出会いでした。

泉一は声も出てきません。これほどのもの知らずがたずねてきたのは、初めてでした。

「……」

平家琵琶教授

「なんで、だまってるの？　お月謝？　それなら、ちゃーんと払いますよ。こう見えても、おいらは大店の、わ・か・だ・ん・な。なに、そう見えない？　見ちゃってよ。おねがい。ほら」

アホは、泉一の手に、小判を一枚にぎらせました。

（……一両）

泉一は、思わずほほをゆるめかけましたが、そこはそこ、苦虫をかみつぶした顔でいいました。

「平家ではない」

「ひらやではない。ということは、二階建て。つまり二階建て琵琶。こりゃあ、いいや。平屋より二階だよね。おいらはますます教わりたくなっちゃった。ね、セ・ン・セ・イ」

「そうではない。平らな家と書いて、ヘイケと読むのじゃ」

「へー、平らな家と書いてヘイケね。あんたは学がおありなさるんだねぇ。いい人、ツ・カ・マ・エ・タ」

こんな男でございました。
いくら芸を教えても、身につくはずはありません。が、月々一両というのは、なかなかのミリョクがございます。住みこみの弟子と思えば腹も立ちますが、一両付きの居候と思えば……。
「明日から、来なさい」
コケコッコ〜。
一番鶏が鳴き、夜があけました。
「♪風が柳にほれたのか〜　柳が風にほれたのか〜♪」
アホがまいりました。
が、先生には、アホになにを教えていいのやらわかりません。
「つまり、その、なんだな。え〜、つまり、その……。まずは、兄弟子のけいこでも見ていなさい」
これが二日目。そして三日目に、師はしょうことなしに、耳なし芳一の話と、小宰相の局の段を弾き語りました。

「どうだ。平家の怨霊は、こわいだろ？」
「なぁーんも」
「なぁーんも？」
先生は、かくんと前へつんのめりました。
ふるえだすかと思ったら、アホは手を打ってよろこんでいます。それどころか。
「いいねぇ。その怨霊というお方に、おいらもひと目、会ってみたいね。小宰相の局という方は、めっぽう美人なんでしょ。うん、美人なら、お化けだってかまいやしません。ね、セ・ン・セ・イ」
「……」
泉一は、あきれて声も出てきません。
しかし、世に三日坊主という言葉がありますが、この若旦那が、その見本みたいなものでした。話がひと息つくや、ぽんと手をたたきました。
「先生、わかりやした！」
「なにが、わかった」

「平家琵琶の極意がわかりやした」
「ハ！」
どたり。先生は、また前へつんのめりました。が、相手は、平家を「ひらや」と読む男です。おだやかに聞き返しました。
「……そうか。で、どんなふうにわかった」
「いわくいいがたい境地でございます」
「ほほう。どのように、いわくいいがたいのだ」
「それがいえないから、いわくいいがたい、のでございます」
「なるほど。口にはできぬほどの、奥深い悟りを得たというのだな」
「さよう、しからば、そのとおり。さすがは先生だ。お察しがはやい。だから、ちょ・う・だ・い」
弟子は師匠に、ぬっと右手をさしだしました。
「なにを？」
「なにをって、とぼけちゃって」

「わしは、とぼけちゃおらん」
「め・ん・じょう」
「免状！」
先生は、またまた前へつんのめりました。
今日は、よくよくつんのめる日です。
「うん」
居候は、にこにこわらっています。
まことにあきれた男でございます。ふつうならば「この、たわけ者！」と、師匠に足蹴にされてもおかしくはありません。が、師匠も目を細めました。
「ちと、高いぞ」
「五両」
「も、ちっと」
「十両」
「いや、も、そっと」

「十五両」
「うーん、もうひと声」
「二十両」
先生は、こくんとうなずきました。いささか急ぎのお金が、必要だったからでございます。
「では、いま、この場で書いてつかわそう」
師匠はそばにあった半紙に、すらすらすら。目は見えませんが、これも修練というものでございましょうか。
「ほれ」
「へー、これが免状ね。ありがたい、ありがたい。で、なんて書いてあるんですか、先生、読んでくださいよ。ね、セ・ン・セ・イ」
若旦那は、字が読めません。
「わかった。よく聞いておるんじゃぞ。
免状

この者は平怪ビワの奥義をきわめし者なり
よって名をさずける
呆一

宗家　赤石船一

「くーっ、『ほういち』。こりゃあ、うれしいや。名人といわれたお方と、同じ名前でございますね」
「そうだ、ほういちだ」
あちらの「芳」は、よい香り。つまり名誉の意味がございますが、こちらの「呆」は、そのままアホでございます。
「で、これからどうする。呆一」
「きまってらぁ、先生。さらにさらに学ばんと、芸道修業の旅へ行ってまいります」
「ほほう。さらに学ばんとな。それはよい」
「そうでしょ。さらに学ばんと」
呆一は、ぽんと左うでをたたきました。

柿食えば、うでが鳴る鳴る法隆寺、でございます。
「達者でな。ああ、それから琵琶を語るときは、にわか盲人になるのがよかろう」
「がってん承知之助だ」
いせいがいいのは、熊公ゆずりです。

月日は、またたくまに流れ……、はや三月。
若旦那は、赤間が関にやってまいりました。いまの山口県下関あたりです。
かの名人芳一が、平家の怨霊に耳をもぎとられた、阿弥陀寺のあるところでございます。
というよりも、平家が源氏にやぶれた壇ノ浦の戦で、二位の尼にだきかかえられ海に身を投げられた、安徳天皇のお墓のあるところと申しあげましょう。そのとき、天皇のお年はわずか八歳。あわれでございました。
「来ましたよ。ついに、来ましたよ。アメニモマケズ、カゼニモマケズ……じゃなかったけれど。名人の足は、それをねがわずとも、神仏が招くということだ。いや、いや、名人呆一さまを。おっと、うっかりわすれるところだった。琵琶法師は、目をつぶりましょ、つぶりましょ」

呆一は、にわか盲人になると、重々しくうなずきました。なあに、重々しくうなずくほどのことではございません。はじめっから、こちらをめざした気楽な旅でございました。なにしろ、道中にかかるお金は、江戸のおやじさまのツケでございます。

芸道の修業というよりは、うまいものと、お酒と、名所見物の、のんき旅でした。

それでも、わざわざこちらに寄りましたのは、名人芳一にあやかり、あわよくば、われも日本一の名人よと、はやしたてられたい下心があったからです。

「ごめ～ん。も～し、も～し、寺のお方～」

し～ん。返事がありません。

それもそのはず、小坊主たちはびょうぶのかげで、ひそひそと話しておりました。

「なんだい、あの水色のぴらぴらした、たてじまの着物は。おまけに、うらは桜の花ふぶきだよ。それが琵琶をしょっての、ご訪問。おおかた芳一殿きどりの、あほな若旦那にちがいない。うっかり入れたりしたら、あとで和尚さんに大目玉だ」

「そうだ、そうだ。しかも、にわか盲人くさいぞ」
「ください、ください。入れたら、閻魔さまがとんでくる」
そうとは知らない若旦那は、また、さけびます。
「も～し、も～し。平家琵琶の名人がたずねてまいりました。ひらや琵琶ではございません。正真正銘、平家琵琶の免状も、ほら、ここにこのとおり。その名も、ホ～イチ、ホ～イチと申します」
し～ん。
カエルも返事をしてくれません。
「う～ん、この寺は、名人をわかる者がおらんとみえる。ああ、もったいなや、もったいなや。名人は行っちゃうよ。ひきとめるなら、いまだよ。い・ま・で・す・よ」
し～ん。
若旦那はあきらめました。
「しょうがない。あまり気はすすまんが、宿屋へ行くか」
目をひらき、若旦那は歩きはじめました。気がすすまないにしては、足取りがなんとも軽やかです。酒が呼ぶのでしょうか。鼻歌なんぞも出てきます。

「♪エ～　花のお江戸じゃ　若旦那

旅に出てみりゃ　名人ホ～イチ～

は～　は～　よ～いとナ♪」

その呆一のうしろすがたを、墓石のかげより、じっと見送っている者たちがいました。身をかためたよろいには、矢がぶすぶすとつきささり、青ざめた顔は、まるで死人のようです。いうまでもなく、壇ノ浦の戦にやぶれた、平家の怨霊どもでした。

「たしかに、平家琵琶の名人と申しておったな」

「さようでございました」

「拙者も、しかと、この耳に」

青ざめた者どもは、よろいをがちゃつかせながら、うなずきあいました。

阿弥陀寺は、安徳天皇はむろんのこと、左近衛少将平有盛をはじめ、壇ノ浦にやぶれし平家一門の供養をしております。その怨霊どもが……。

知らぬは呆一ばかりなり。

平家一門之墓

どこまでもお気楽な若旦那です。

「♪旅に出てみりゃ　名人ホ～イチ～♪　つ・い・ちゃっ・た」

旅館の名前は、清風荘とあります。このあたり一番の旅籠です。旅の琵琶法師などを泊めるところではありませんが、番頭は客を見るなり、とんでまいりました。

「いらっしゃいませ～」

ひと目で、にわか法師の若旦那と見ぬいたからです。もみ手で琵琶をうけとると、番頭は女中にひときわ高い声でいいました。

「お足を洗ってさしあげたら、いちばんいい部屋。そうそう、いちばんいい〈孔雀の間〉にご案内しなさい」

「いちばん」を二度くりかえします。さすがは番頭です。客あしらいがちがいます。

若旦那はいい気分で、床の間を背にしました。大きくあいた窓からは、青々とした海が見えます。

さっそく、旅籠の主がやってまいりました。

「これは、これは、法師さま。ようこそおいでなさいました。おこまりのことがございましたら、なんなりと、この者たちにお申しつけください」
〝この者たち〟は、ずらぁ〜りと料理をならべております。
「うむ、まあ。それはのちほどとして。少ないが、とっておいてくれ」
若旦那は、主のてのひらに小判を三枚。
「これは、これは、ありがとうございます」
主は、たたみにひたいをこすりつけました。百年に一度の上客でございます。
鯛のお刺身に、灘のお酒。
「いいねぇ、赤間が関は」
若旦那は、ほろ酔いにさそわれて、ぐっすりとねむっておりました。そこへ、
がちゃり、がちゃり。
よろいの音をさせながら、ろうかを歩いてくる者がいました。平家の怨霊どもです。
怨霊のすがたも音も、それにとりつかれた者と、仏道をおさめた者にしか、見えもしなければ、聞こえもしません。
若旦那は……はっと目をさましました。待ちに待っていたお方です。おそろしさに

ふるえだすどころか、心で手をたたきました。
（おいでですよ、おいでですよ。平家の怨霊さまが、おいでですよ）
これで、伝説の名人「耳なし呆一」になれるというものです。
ぴたり。足音は、若旦那のまくらもとでとまりました。
「起きろ！　琵琶法師」
あらあらしい力が、若旦那の肩をぐいとひきおこしました。そのあまりのいきおいに、若旦那は、あやうく目をあけそうになりましたが……。
（用心、用心）
目をしっかりとじたまま、声のしてきたほうへ顔を向けました。
「平家琵琶の名人と聞いたが、しかとまちがいはないか」
「へー」
「ならば、わしについてまいれ」
これで耳をひきちぎられましたら、まちがいなく「耳なし芳一の生まれかわり」とはやされます。

（うれしやな、うれしやな）
若旦那は、冷たい手に手をひかれながらも、うきうきと町をぬけ、林をぬけ、とあるお屋敷につれていかれました。
「高貴な方のお屋敷である」
「へー」
部屋数は、いったいどれくらいあるのでしょうか。若旦那は、あちらをまがり、こちらをまがり……。やっと、そちらにつきました。
「ここで、ひかえておれ」
「へー」
かしこまっている若旦那の耳に、しずかにふすまのあく音がしました。
とたんに、ぷ～ん。なんともいえない、かぐわしいにおいです。白檀というものでございましょう。
「は、はーっ」
思わず若旦那は、ひれふしました。

「そちが、平家琵琶を」
やや年を召した女の声がしました。高貴な方におつかえする、老女にちがいありません。
「へ、へーっ」
かたまっている若旦那に、こんどは若い女の声が話しかけました。まことに、おっとりと品のあるお声です。
「こちらへ」
「へっ」
返事をしたものの、若旦那は一歩も前へ行けません。
「前へと、おゆるしじゃ。えんりょせずともよい。もそっと前へ行かれよ」
老女がいいました。
「いや、わたくしは、もう、ここで……」
さすがの若旦那も、高貴なお方の前では、ヘビににらまれたカエルです。
「さようか。ならば、そこで平家物語を語ってくりゃれ」

「は、はっ。しかし……」
「しかし、なんじゃ？」
「おそれながら、平家物語のすべてを弾き語りますには、とてもひと晩では時間が足りません」
「さようか。ならば、小宰相の局の段を聴かせてくりゃれ。ひときわ哀れと申すからな」
「かしこまりました」
このときを待っていた若旦那です。ここぞとばかりに、琵琶をかき鳴らしました。
べん、べん、べん、べら～ん。
あたりじゅうに、ざわめきが起きました。
「なんじゃ、こりゃ！」
むりもありません。〝門前の小僧、習わぬ経を読む〟のたとえどおり、ただの聞きおぼえです。それも、わずかに三日間だけの。しかしここが、若旦那の若旦那たるゆえんでございます。ざわめきも、

「どえらい名人だ！」
と、おどろいているとしか聞こえません。若旦那は朗々と、語りに入りました。
「♪待てとカエルの～　セミの木に～
　かたきを討ちに～　宿さがし～♪」
座敷は、ひっくりかえるような笑いが起きました。
「ほほほほほ」
「ハハハハハハ」
「かっ、かっかっかっか」
笑うたびに、よろいががちゃがちゃと音をたてます。若旦那は、まったく文字が読めません。そんな方が耳でおぼえただけで……、もとは、こちらでございました。
♪待てど帰らぬ　背の君の
　形見を内に　宿しつつ♪
小宰相の局が、待てど帰らぬ背の君、つまり夫、通盛の子を、おなかに宿しつつ、との、聴くも涙の語りはじめでございました。それが、若旦那にかかると、

♪待てとカエルの～　セミの木に～♪

化けも化けたり、エイリアンもびっくりの化けっぷりです。

「これは、いい。これじゃ、これじゃ」

「わらわも、ひさしぶりに笑いました」

「ああ、なんとひさしきあいだ、われら一同、笑いをわすれていたことか」

「さすが、名人呆一よ」

若旦那は、やんややんやと、はやされながら、たっぷりとお礼をいただきました。

あの、白檀とやらの香をたきしめた舞扇も。

「また、明日も来てくださるか」

おっとりとした声がいいました。この方こそ小宰相の局でありますが、にわか盲人の若旦那は、見ることができません。

「は、はーっ。かしこまりました」

つぎの夜も、そのつぎの夜も、またそのつぎの夜も、若旦那はいそいそと出かけました。

出かけるごとに血の気は失せ、足もとはふらつき、顔には死相がうかんでまいります。夜ごと、夜ごとに、怨霊どもの死毒が、若旦那の血にまじるのでございます。

そんな足取りで町を行く若旦那に、ばったり会ったのが、阿弥陀寺の和尚でした。いいえ、一日も早く耳をひきぬかれたい若旦那が、自分からお寺をたずねていくところでした。

和尚は、若旦那の顔をひと目見るなり、どなりつけました。

「おぬし、死相が出ているぞ！」

「やっぱり、そうですか」

若旦那は、うれしくて手をたたきました。

「なにをよろこんでおる。すぐに寺へ来なされ」

これから先は、みなさまがよくごぞんじのとおりです。若旦那は体じゅうに、ありがたいお経を書いてもらいました。平家の怨霊封じ。怨霊どもには、若旦那のすがたがまったく見えなくなります。

「これで、よし。わしは、しばらく都へ行くが、こうしてお経を書いておいたからには、だいじょうぶだ。宿へもどられてもよいぞ」
「ありがとうございました。和尚さま」
若旦那は、旅籠へもどると……、とんでもないことをはじめました。ぬれた手ぬぐいで、耳を、ごしごしごし。お経を消していきます。
「耳をひきちぎられてこそ、耳なし呆一さまよ。耳があったんじゃ、話にならねえや」
どこまでも若旦那でございます。
夜がふけ、よろいの音が聞こえてきました。
(おいでですよ、おいでですよ。おいらの耳をひきちぎりに)
ふすまのあく音がしました。と、同時に、男どもの悲鳴があがりました。
「お化けじゃー!」
暗闇に、白い耳だけが、ぼーっ。
「にげないでよ〜」
がっくりと肩を落とした若旦那の耳に、
ぶ〜ん。

蚊が一匹。若旦那の血をすいました。死毒がたっぷりの血です。蚊はたちまち、顔をゆがめていいました。

「美味なし呆一」

◆作者より

え～、ご挨拶をさせていただきます。

語り出しにもありますように、このお話は、小泉八雲先生の『怪談』（「耳なし芳一のはなし」）をモトに書かせていただいたものでございます。

それも、おもしろおかしくとのご注文に、されば落語仕立てにと、『怪談』には登場しない若旦那や、平家琵琶の師匠、明石泉一さんにもご登場をお願いしました。また、『宿直草』の江戸の怪談話よりも、小宰相の局さまにも客演をお願いしましたところ、こころよく花を添えていただき、これにまさる喜びはございません。

小泉先生は、明治の日本に来られたラフカディオ・ハーンというイギリスのお方です。小泉節子さんと結婚され、名も小泉八雲と改め、この国の人となられました。日本の伝説と習慣に宿る、つつましい美を見つけてくださった方であります。これをご縁に、『怪談』をお手にしていただきますれば、幸いでございます。

古典への扉

悪い呪いを解く方法

牧野節子「恋はハートで」の創作のヒントになったのは、シェイクスピアの喜劇「十二夜」（十七世紀はじめの作品）です。原作がどうふまえられているのか、読みくらべると、おもしろいですよ。岩波文庫（小津次郎訳）や角川文庫（河合祥一郎訳）の『十二夜』を読んでみてください。十九世紀のはじめに、ラム姉弟が戯曲を物語に書きかえた『シェイクスピア物語』で読むのもいいでしょう。偕成社文庫（厨川圭子訳）や岩波少年文庫（矢川澄子訳）で翻訳が刊行されています。

吉橋通夫「鬼より団子」の「あたし」は、引っ越したばかりの山奥の家で、「ダイキ、十八歳、戦死」という低い声を聞きます。「あたし」の弟の大樹は七歳で、戦争は七十年以上前に終わっているけれど……。これは『今昔物語集』の、生まれたばかりの赤ん坊にむかって八歳で自害するとつぶやく鬼の話を思い出させます。杉本苑子が現代のことばで書いた『今昔物語集』（講談社）に、「鬼のつぶやき」の題でのっています。

服部千春「ねむっちゃった姫」で二度演じられる劇「ねむり姫」は、グリム童話の「いばら姫」をもとにしています。「いばら姫」でも、生まれた子にひとりの仙女が呪いをかけます。「鬼より団子」の家族は、不吉な予言をさける作戦を必死で立てますが、「いばら姫」のほうは、どうなったのか。岩波少年文庫の『グリム童話集』（佐々木田鶴子訳）や、福音館文庫の『グリムの昔話』（フェリクス・ホフマン編・画、大塚勇三訳）でたしかめてください。日本でグリム童話と呼ばれている物語は、グリム兄弟が創作した物語ではなくて、ドイツの昔話をグリム兄弟が聞き集めて文字にしたものです。長い眠りからさめた、いばら姫は、少女から結婚する女性へとかわりますが、「ねむっちゃった姫」でも、サヤちゃんの女の子としての変化が語られます。

内田麟太郎「耳あり呆一」は、その題から、小泉八雲の「耳なし芳一の話」をもとにしているとわかります。「耳なし芳一の話」も、偕成社文庫の『怪談　小泉八雲怪奇短編集』（平井呈一訳）や、講談社青い鳥文庫の『耳なし芳一・雪女　八雲怪談傑作集』（保永貞夫訳）で読んでみてください。小泉八雲（ラフカディオ・ハーン）は英語で書きましたから、これらは、翻訳された本です。芳一は琵琶法師でしたが、内田麟太郎は、「え～、お笑いを一席、……」と落語にしています。

（児童文学研究者　宮川健郎）

作者

牧野節子

（まきの　せつこ）

東京都出身。「桐下駄」で小さな童話大賞、「水族館」で女流新人賞受賞。著書に『サイコーのあいつとロックレボリューション』『あぶないエレベーター』『お笑い一番星』『空色バレリーナ』「夢見るアイドル」シリーズなど。

吉橋通夫

（よしはし　みちお）

鳥山県出身。『たんばたろう』で毎日童話新人賞、『京のかざぐるま』で日本児童文学者協会賞、『なまくら』で野間児童文芸賞受賞。著書に『真田幸村と忍者サスケ』『すし食いねえ』『官兵衛、駆ける』『風雪のペン』『風の海峡』「凛九郎」シリーズなど。

服部千春

（はっとり　ちはる）

京都府出身。『グッバイ！　グランパ』で福島正実記念ＳＦ童話賞大賞を受賞。著書に『さらば、シッコザウルス』『おたんじょうび、もらったの』「トキメキ図書館」シリーズ、「四年一組ミラクル教室」シリーズ、「ここは京まち、不思議まち」シリーズなど。

内田麟太郎

（うちだ　りんたろう）

福岡県出身。『さかさまライオン』で絵本にっぽん賞、『がたごとがたごと』で日本絵本賞、『うそつきのつき』で小学館児童出版文化賞受賞。著書に『十二支のおはなし』『おばけもこわがるおばけ』「ワニぼう」シリーズ、「おれたち、ともだち！」シリーズなど。

画家

山本重也

（やまもと　しげや）

大阪府出身。イラストレーター。スカイレールタウン「みどり坂」パンフレットで中国新聞広告賞カラー部門賞、『サム　あたたかな奇跡』（装丁画）で日本出版美術家連盟新人賞受賞。作品に『満月の泥枕』（新聞小説挿絵）、『いいかげんがいい』（装丁画）など。

装丁・本文デザイン　鷹觜麻衣子（たかのはし）
編集協力　宮田庸子

古典から生まれた新しい物語・おもしろい話
耳あり呆一

発　行　2017年3月　初版1刷
編　者　日本児童文学者協会
画　家　山本重也
発行者　今村正樹
発行所　株式会社偕成社（かいせいしゃ）
〒162-8450　東京都新宿区市谷砂土原町3-5
TEL.03-3260-3221（販売部）　03-3260-3229（編集部）
http://www.kaiseisha.co.jp/
印　刷　三美印刷株式会社
小宮山印刷株式会社
製　本　株式会社 常川製本

NDC913　128p.　20cm　ISBN978-4-03-539630-7
©2017, 日本児童文学者協会
Published by KAISEI-SHA. Printed in Japan.

乱丁本・落丁本はおとりかえいたします。
本のご注文は電話・FAXまたはEメールでお受けしています。
TEL : 03-3260-3221　Fax : 03-3260-3222
e-mail : sales@kaiseisha.co.jp

迷宮ケ丘シリーズ 全10巻

日本児童文学者協会…編

あたりまえの明日は、
もう約束されない……。
あなたに起こるかもしれない
奇妙な物語。

一丁目　窓辺の少年
二丁目　百年オルガン
三丁目　消失ゲーム
四丁目　身がわりバス
五丁目　瓶詰め男
六丁目　不自然な街
七丁目　虫が、ぶうん
八丁目　風を一ダース
九丁目　友だちだよね？
〇丁目　奇妙な掲示板

偕成社　四六判

時間をめぐる五つのお話

Time Story
タイムストーリー

全10巻

第一期

5分間の物語

1時間の物語

1日の物語

3日間の物語

1週間の物語

第二期

5分間だけの彼氏

おいしい1時間

消えた1日をさがして

3日で咲く花

1週間後にオレをふってください

日本児童文学者協会 編

©磯 良一

古典から生まれた新しい物語

日本児童文学者協会 編

〈恋の話〉 迷宮の王子 スカイエマ・絵

〈冒険の話〉 墓場の目撃者 黒須高嶺・絵

〈おもしろい話〉 耳あり呆一 山本重也・絵

〈こわい話〉 第三の子ども 浅賀行雄・絵

〈ふしぎな話〉 迷い家 平尾直子・絵

©浅賀行雄